光の吐瀉物、祈りに春を

Yozame Kuroda
黒田夜雨

七月堂

目次

光の吐瀉物、祈りに春を

ハローわたくし、　桜殺しの舞

梅の木が接ぎ木されていて紅白で、
目出度いということになっていた　二月二十八日
三月をすべて台無しにしなければならないことが決まった
ハローワークは、
生活と詩的言語における
「わたくし率」の鬩ぎ合いであったと
電動機付きのママチャリに追い抜かれていく　日曜日
カップ酒にハルジオンを活ける

代々うららかと呼んできたのだろう
春の日に出会ったその人は

初対面の私に完治したのかしないのか
大病の話をした
まるで愛猫のように、
抱かれた老いと
拮抗する前髪は
キッチンバサミで切り落とす
そんな夕食　冷えた焼き鳥
向かい合った口の渇きは

休みの日は何をしているのですか
詩はいつから書かれているのですか

延々咀嚼をやめない
飲み込めない状況に、
何度も何度も繰り返し同じことを聞かれ
何度も何度も繰り返し同じことを答える
私はまだ死にたいですと

この生真面目さが仇となり、
今日で診察は終わりですから
病院からも追い出されますから
遊びに来る場所ではないですから
桜の木の下で統合失調症ステージ４の人たちが穏やかに放心している
通いつめた売店の名前が思い出せない
白洋舎のような名前だったと思うのだが
柄にもなくシャツの色を褒めたらユニクロだと言われました
そっとストローの中に入ってくださいそしてゆっくり、
吐いてくださいそして

そして

手紙でなく日記でなく、
「わたくし率」を穿つ黒ずんだ春のこと
風は都合で蔑んだり讃えたりして

空は今日もぎりぎり凪いでいますが
お元気ですか
私は春を名にして嫌われて
貧乏していますが
穏やかです
人を殺すと書くより猫を切り裂くと書いた方が叩かれそうな住宅街で
人が死んだ人は笑った
桜が散る桜は笑わなかった
恥じた誤植とこの草を燃やして
続投です

「続投です」

続けてください

人工梅の無念を背負って　四月一日
綿貫を救済とは呼べない

私にはどうしてもという事情があった
線路に飛び込む抒情の鋒《切っ先》に花を手向けろ
折れた芯を尖らせて、
忘れる前に春の命名を墓碑に書き込む
退院ですべてを台無しにしなければならない
私は笑わない
人が死んだからではない
人は　死ぬからだ

最後の白線はトルソーで越えろ
首が繋がる紐の咥えて

ひだまりの中
うららかと呼ばれる猫を追いかけて
串を捨てるために立ち上がった
振り返るあれは　あれは私の
ハローワークは、

生活と詩的言語における
「わたくし率」の鬩ぎ合いであったと
春はまた
呼んでもないのに振り返るあれは
あれは　私の
私のブルース
線路に飛び込む抒情の鋒に花を手向けろ
あれは私の
私のブルース
あわれなブルース
猫が鳴いてる

ハローワークは、
生活と詩的言語における
「わたくし率」の鬩ぎ合いであったと

花屋の彼女

桜が綻ぶ前に、この花は枯れます。
梅が散る前に、この花は枯れます。

花屋のバイトの面接で
一番好きな花を訊かれ、
私が答えた花の名に
店長は満足気でした。
でもこれは、
バラとかチューリップとか、
誰でも知っている名前でなかったことがよかった、
というだけの話です。

花屋では、
枯れた花をたくさん捨てます。
明日枯れる、
まだ枯れていない花も捨てます。
売った花より
捨てた花の方が多いかもしれません。
花を売るには
花を捨てなければならないのです。
それは花でなくてもそうです。
パン屋はパンを捨てるし、
服屋は服を捨てる。
売るために捨てるのです。
最初はしんどい気持ちにもなりましたが、
もう慣れました。

この花は、

明後日枯れます。
今日売れなければ、
明日捨てます。
今日中なら、
売ります。
明後日枯れる花ですが、
売ります。
何も言わずに、
売ります。
だから今日中に、
来てください。
買いに、
来てください。

20時まで、やってます。

ソラニン

春になったら頭にソラニンが生えてしまいます。
春の阿佐ヶ谷は楽しくなった頭の弱い人でいっぱいです。
私も楽しいけれど楽しくなればなるほど
あなた方とはさよならだから、すこしさみしい気もします。
思い出の私はいつも一人、
あなた方を放ったらかして愉快でしたね。
野放しであることが嬉しくて、
菜の花は庭に一面もう食べられないくらい咲いているけど、
私は元気です。
あなたがいなくても、
元気なのです。

春になったら頭にソラニンが生えてしまいます。
じゃがいもの頭に芽が生えて、
その芽が頭を食い潰してしまうのです。
私はいま、とても楽しいです。
でも、どうしようもなく
ひとりぼっちなのだと思います。

中学

近いのに遠い　違うのに同じ
制服着せられても　話通じない
爪を見る

授業中は窓の外を眺める癖　眩しい届かない
三年は決まり　意味なんかない校則
ざわざわ揺れる木々と同じ　動けない青春
ゆっくり次の授業の準備をする
教科書に分からないことは何もないのに

私の知らない常識は日々変わり

冷たい下駄箱　一人で走る部活
土埃に汚れたローファーを拭う
指先　斜め前のブレザー　肩にフケ
誰かのリップクリームが床に落ちる音

「二人組を作ってください」

通う目配せ　関係ないから

爪を見る

奇数の集団　素数の人

クラスの女子の恋バナ
私には関係ないし

板書中に飛び交う手紙
テストの平均点

私には全部関係ないから

教科書の応用問題も分からない先生
無意味に奇声を上げる男子たち

答案用紙の端っこ　折り返した点数
褌のようなスカート　たくし込んで

ここから抜け出すための数字を稼ぐ

テスト開始のチャイムと共に
門が開けば

ここで一番になっても仕方ないのに
負け犬のように

遠いのに近い　同じなのに違う
頭良くても心知れない

爪を見る

垢を掻き出す　弾き飛ばす

誰もいない　空っぽの教室
ここは私のいるべき場所じゃない

私はみんな

私はみんな、
みんな私を、
みんな見んな、
私は見んな、
みんなは見んな、

みんな私、
見んな私を、
私を見んな、
私は私を、
私はみんな、

私はみんな、
私を見んな、
見んな見んな、
みんな見んな、
みんな私、

私はみんな、
私を見んな、
見んな見んな、
みんな見んな、
みんなみんな、

みんな私を、
みんなは見んな、
見んな私を、
みんなは見んな、
私は私よ、

見んな私を、
私は見んな、
私は私を、
私は私よ、
みんな私よ、

私とみんな

みんな優しくて、でもちょっとやそっと優しいくらいじゃ何もどうにもならなくて、ただすべてが終わったあと、みんなの優しさが回復期のキラキラした青空と緑葉を彩って「生きていてよかった感」を演出している、大道具係のみんな、小道具係のみんな、衣装係のみんな、音響、照明、裏方のみんな、端役のみんな、名前のないみんな、私たちの三年間の集大成、みんなでつくりあげた劇、名前のないみんなはみんな優しい、感謝、みんなに感謝、ありがとう、一人ひとりに名前をつけてあげたいくらい、みんな優しくて、みんなみんな優しくて、気持ちが悪い

「舞台はみんなでつくるものだから」

みんなのために、主役を降りるわけには行かない、唯一名前のある私は、舞台から降りられない、永遠に終わらない夏休み、ほら、みんな見ているよ、私の一挙手一投足に、注目をしている、関係妄想のせいで、ネットもテレビも新聞も、私のことばかり報じる、関係妄想のせいだという妄想、メタメタのメタ、どうせ有名になっても叩かれるだけ、もうやめたいのに、後ろ指刺される毎日、みんなと言いながら私一人、みんな一人、みんな自分が主人公で、みんな自分だけが名前を持っていて、そんなみんなが、気持ちが悪い

「自分だけ仲間外れにされているみたい」

みんなで同じ劇をつくっているのだから、私はみんなと関係している、でも私はみんなではない、みんなは私ではない、他人事みたく風が吹き抜ける、私たちの間を、実際他人事なのだ、私の心の中だけに吹く風、優しさにできることは少ない、けれど、優しさなしに生きることも難しい、私と私以外、それはみんな、私とみんな、みんなの中に、

私は入れていない、みんなそう、自分だけみんなの中に入れない、私は私、私だけ私の顔は見えない、なのにみんな見ている、優しい目をして、みんなは見ている、私には見えない私を、みんな見ている、気持ちが悪い

近親相姦chronicle

I

顔の丘を指の芝刈り機が辿り
面皰と面皰を結び合わせる
深夜の前髪
最初で最後の肌合わせは
成人の initiation のように
魂は第三キャンプから山頂に向かって
浮遊を始める
閉鎖的な共同生活において
母と姉しか知らない性衝動は危うく
教育は

崖から石を切り落とすように
滑り落ち
倒れ込み
そのままの流れで一つになった
早朝
土鳩が鳴いている

2

母が死んで
父が死んだ
喪の期間を終えても焚火は続く
喉の震えから歌を探したあの日から
星座を投げる日までの日々
怒濤に過ぎゆく雲を追いかけ
高く高く飛んで
酸欠で chill out
乳房を口に含むと山羊の匂いが

岩肌を撫でていく風よ
よく聴け
ラジオを掻き消し
テレビを遮る
家族は演技だ
家畜の一生は切なく
けれど長い

3

階下からは朝食の匂い
telescope で鳥の産卵を捉えながら
裸になる
パチパチと燃える薪の音に
胸の空洞が響き
膨らんだ腹を撫でる
私はまた
孕まされてしまうのだ

代理母が
母から女を奪い
母をも奪った
身体も精神もか弱い母親の代わりに
私はすくすくと育ち
母乳を垂れた
ここには私たち家族しかいない
牛や馬や羊を飼って暮らしている

犬のような男に猫のように愛された女の一年

「どうしたの?」と顔を覗き込む
その朝露のように他意のない目。

裏表のない性格で
目に見えないものなどここにはない
とでもいうかのように。

君は躊躇なく
肉に喰らいつき、骨をしゃぶって
友人の訃報にも動じず
腹さえ壊さず生きていた。

投げられたボールを追って
草原を駆けていく犬。

ハーネスをつけたまま
ベッドの大地を揺らしている。

誰に何の弱みを握られて
君は大人になっていくんだろうか。

人の人生を台無しにしている自覚もなく

君は何人もの女の子と付き合い
何人もの男を従え
何人もの受験生を教え
何人もの新卒を雇った。

投げられたボールを追って
君は今日も健康で
使えない種を撒き散らす。
君は明日も健康で
日増しに肥えていくのだろう。
君は明後日も健康で
孤独など知らずに死ねばいい。

春の根の暗いところにある命へ

春になると思い出す　学校までの坂道　舞い散る桜　制服のポケット
の中に絡まったイヤホンを突っ込み、隅のほこりを摘んで捨てる　白
くまだらに汚れたアスファルトを、汚いスニーカーで削る8時15分
校庭の砂嵐に目を瞑り、下駄箱の嬌声に耳を塞いだ　外より寒い校舎
の黴の臭いも、どことなく臭う木の机のミルク臭さも　嫌だった　ず
っとずっと嫌だった

大人になって　いつかこの呪いがとけたなら
きっと今までのすべての音楽がやむだろう

パステルカラーの服　青髭のレーザー脱毛　ひざ丈のスカートのやり

直し　今が一番マシな顔　とけない呪いをひとつひとつほどいていく
その間も　音楽はやまない　鳴りやまない　僕が知った数多の音楽
聴きすぎた音楽　君に引き継ぎたいのはこの音楽だけだ　怒号の響く
暗い部屋の布団の中で　耳に差し込んだ小さく激しいこの音楽だけを

もうすでに生まれてしまった　すべての根暗な命へ
君のために音楽はやまない

解けない呪いを解くこと

1999年、
全く無為な春がありました。
彼らの感受性は性病に罹っており、
それは中学じゅうに蔓延しておりました。

たらい回しのように同じ女を抱いて
犠牲の数学が漂う青いプールには既に
現在まで彼が引き摺る壮大な物語のフラグが立っておりました。
つまり、20年以上前のフラグをいまだに回収しきれていないのです。
これが怠惰でなかったら何なのでしょうか。
ビニール袋と溺死する未明のコンビニ、

便利かどうかはともかくとして、それは単に
単に死んだ者と死に損なった者が
ありました。

生ぬるいぶよぶよの湿布と
コールドスプレー
脂肪が見えるまで引き裂いて
裸形の存在が生理用ナプキンの
…雨に降る
泣くな濡れるな、気持ちが悪い

ポジティブを強要することのネガティブを墓場まで
おまえの空元気を頭蓋骨の内部から打ち砕きに
どこまでも行く、逃げられはしない

生きづらさの塊のような彼が老いていくまでの間に死んだ

生きづらさの塊のような彼女たちが彼の絶望だったなら
彼女たちは彼の希望だったということです。
そういうことにはなりませんか？
どうしようもなく陳腐だけれど、
陳腐だからこそ手が届く。
チープな光が、
死ねない光として、
そこにはあるわけです。
現実に、生きているわけです。
それだけは本当、
それだけの本当を。

踊らない、歌わない、
そればかりか笑いもしない

生まれた手遅れの後、
まだ何も始まっていないのに

月日だけはちんたらと進みます。

桜並木の夜道を自転車で下りながら
君の疎外された十代を想っています。
皆殺しの春を越えても
生温い風は吹く、
カルキの大地に黄緑が萌えれば
邪念の一矢が股間に刺さる、
いつの間にか手を出せば
、もう犯罪です。
歳だけ取りました。
全く満たされません。
でも答えはひとつじゃないということだけ知りました。
数学も過去も
いつももう一つ奥に控えています。
だから開けてください、
その真っ黒な気持ちを。

わすれないゆるさない
それが私の倫理だから

あなたは覚えていてくれてますか？

解けないのろいを解くこと
とけない呪いをほどくこと

あなたの遺志を想うときだけ
死に損ないは生き残りになる
呪いと祈りの修辞法
私はつぶやく
吐き気とともに
よく、覚えています。
だから何度だって、
書き直せる。

物語は、
まだ途中なのです。
バッドエンドの後の別ルート
一度死なせてしまった彼女を救いに

光の吐瀉物、祈りに春を

2023年4月16日
第1刷発行

著者：
黒田夜雨

発行：
知念明子

発行所：
七月堂
154-0021 東京都世田谷区豪徳寺1-2-7
Tel: 03-6804-4788 Fax: 03-6804-4787

装幀＋組版：
川島雄太郎

印刷：
タイヨー美術印刷

製本：
あいずみ製本

ISBN 978-4-87944-526-1 C0092